IL FAUT SAUVER
CLÉOPÂTRE !

www.editions.flammarion.com

© Flammarion pour le texte et l'illustration, 2004.
87, quai Panhard et Levassor - 75647 Paris Cedex 13
ISBN : 978-2-0816-2490-0 – N° d'édition : L.01EJENFP2490.C010
Dépôt légal : juin 2004 – Imprimé en novembre 2013, en Italie par Legoprint
Loi n°49-956 du 16 juillet 1949 sur les publications destinées à la jeunesse.

Alain Surget

Fabrice Parme

IL FAUT SAUVER CLÉOPÂTRE !

Castor Poche

CHAPITRE 1

LE MONSTRE DU NIL

Deux enfants pêchent sur le Nil.

Couché dans une barque en roseaux tressés, Iméni le petit Égyptien a attaché un fil à son orteil, et il attend que le poisson morde. À côté d'Iméni, son ami grec Antinoüs surveille la surface de l'eau. Il tient une épuisette à la main, mais les flots sont encore rouges des boues que le Nil transporte pendant son inondation, ce qui fait qu'il ne voit pas grand-chose. Entre les deux garçons dort Fenk, un fennec couleur sable : il est sorti un jour du désert et s'est perdu dans les rues de Memphis, la grande ville blanche qui repose à l'abri de ses murailles. Antinoüs l'a découvert et l'a aussitôt adopté. Quand Fenk ne dort pas, il a la fâcheuse manie de mordiller toutes les chevilles qui passent à sa portée.

Des nénuphars flottent devant les papyrus, un peu comme des parasols verts posés sur l'eau. Il ne faut pas trop s'en approcher parce que des crocodiles se cachent parfois dessous.

Justement, un œil s'allume sous l'un d'eux.

Le grand nénuphar se sépare des autres et il se dirige lentement vers la barque. Une ombre bouge sous lui. Pourtant pas un froissement ne trouble la surface. Le nénuphar approche. La créature qui nage sous lui plonge tout à coup et passe sous la barque.

— Hééé ! s'écrie Iméni comme le fil se tend brusquement. Ça mord !

Antinoüs place son épuisette de façon à attraper le poisson dès que son camarade le sortira de l'eau.

— Ahi ! Ahi ! gémit Iméni. Il est plus fort que moi. Il va m'arracher l'orteil.

— C'est sûrement une grosse pièce ! suppose le jeune Grec en attrapant le fil pour aider à remonter la prise.

Mais la chose se débat sous l'eau. Elle résiste, s'enfonce à la verticale. La jambe d'Iméni est tirée hors de l'embarcation.

— Coupe le fil ! hurle-t-il. Cette bête va m'entraîner au fond.

Soudain le fil se détend. Iméni retombe en arrière, replie ses jambes et se frotte le pied. Antinoüs se penche au-dessus du fleuve pour scruter l'eau. Plus rien. Le monstre a disparu.

— Ouf ! soufflent les deux enfants sans se rendre compte que le nénuphar s'agite à nouveau derrière eux, de l'autre côté de la barque.

Une ombre se glisse dessous. Et c'est l'attaque ! L'embarcation semble prise de folie tant elle est secouée. Iméni et Antinoüs culbutent et roulent l'un sur l'autre ; Fenk a saisi une cheville dans sa gueule et ne la lâche plus.

— C'est un crocodile ! panique le jeune Égyptien. Il va retourner la bachole et nous croquer !

Antinoüs attrape son épuisette et se met à frapper l'eau dans de grands jaillissements d'écume. Il espère effrayer l'animal, mais l'instrument lui échappe des mains. Pourtant, au lieu de couler, l'épuisette reste à la surface. Il y a quelque chose dans le filet : comme une espèce de melon flottant.

— Ah, c'est malin ! lance une voix de fille.

CHAPITRE 2

LA PHARAONNE

Les deux garçons se regardent, surpris d'entendre parler. Deux bras sortent de l'eau, se débarrassent du filet. Une tête de gamine apparaît.

— Ne reste pas dans le Nil ! lui conseille Iméni d'un ton affolé. Il y a des bestioles dangereuses qui rôdent autour de nous.

— C'est elle, la bestiole dangereuse, indique son ami. Elle s'est moquée de nous en soulevant la bachole par en dessous.

— Tu nous as flanqué une belle peur, avoue Iméni. Tu mériterais qu'on t'abandonne aux crocodiles.

— Je m'appelle Cléo, annonce la fillette en rendant son épuisette à Antinoüs.

— Comme Cléopâtre ? relève Iméni.

— Je suis la reine Cléopâtre ! affirme Cléo en appuyant sur le verbe.

Elle se cramponne des deux mains au rebord et se hisse sur l'embarcation.

— Je vais te rejeter à l'eau, grogne Antinoüs. Je n'aime pas qu'on se fiche de moi.

Il veut la repousser, elle lui tape sur les doigts avec un petit air hautain qu'elle abandonne dès que Fenk s'agrippe des dents à sa cheville.

— Si cet animal ne me lâche pas à l'instant, je vais le faire couper en rondelles par mes gardes.

Antinoüs éclate de rire et montre l'étendue liquide qui les environne.

— Où ils sont, tes gardes ? Ce sont les crocodiles ?

— Je n'ai qu'à appeler, répond Cléo, et tu les verras surgir d'entre les papyrus.

Antinoüs remarque à ce moment qu'Iméni dévisage la fillette avec des yeux admiratifs, comme s'il avait devant lui une déesse. Le jeune Grec décoche un coup de pied dans la jambe de son ami pour le ramener à la réalité, et soupire avec un haussement d'épaules :

— Cléopâtre, pfff !

— Tu l'as déjà vue, ta reine ? demande Cléo.

— Non, elle vit à Alexandrie. Mais c'est une femme, elle, pas une petite fille !

— C'est ce que tout le monde croit, riposte la gamine, mais c'est faux !

— Reine d'Égypte, marmonne Antinoüs en la toisant de la tête aux pieds. T'es pas plus haute que trois figues !

— Et alors ? On me rehausse sur le trône, on me maquille comme une adulte et mon ministre parle pour moi. Quand je me déplace, c'est toujours en litière, comme ça les gens ne se doutent de rien.

Cléo se rengorge, cueille une fleur de lotus au ras de l'eau et la pique dans ses cheveux.

— Vous, vous êtes qui ? demande-t-elle.

Iméni s'empresse de faire les présentations.

— Et cette chose suspendue à mon pied ?

— C'est Fenk, déclare Antinoüs toujours méfiant. Ne me dis pas que personne n'est au courant que la reine est une gamine ! Ah ! voilà que je parle comme si je te croyais.

— Mes ministres et certains scribes sont dans la confidence, explique Cléo en se donnant un petit air mystérieux. Ma famille dirige l'Égypte depuis Alexandre le Grand. Si les princes apprennent que la reine est encore une enfant, ils se battront pour monter sur le trône. Ce serait un grand malheur si le pouvoir tombait en d'autres mains. Vous comprenez maintenant pourquoi on clame partout que j'ai vingt et un ans alors que je n'en ai que dix.

— Mais …

— Mais quoi ? répète Cléo en venant défier le jeune Grec, front à front.

Troublé, Antinoüs ne sait plus que dire.

— Ramenez-moi à la ville, ordonne-t-elle. Je suis à Memphis pour quelques jours.

— Quelqu'un sait qui tu es, ici ? s'interroge Iméni.

— Vous deux ! déclare-t-elle d'un ton sec. Et cela ne devra pas dépasser le cadre de cette bachole. À présent, agenouillez-vous devant moi !

Antinoüs a un mouvement de recul.

— M'agenouiller ? s'exclame-t-il en manquant s'étrangler.

— Si c'est vraiment la reine… murmure Iméni en posant un genou sur le fond de la barque.

Antinoüs hésite. S'agenouiller devant une fille, pouah ! Pourtant, si Iméni avait raison... Il risque gros à désobéir. Antinoüs jette un coup d'œil rapide autour de lui. Les autres pêcheurs sont loin. Alors, ravalant sa fierté de Grec, il ploie le genou. Cléo les regarde tous les deux puis elle éclate d'un grand rire.

— Je vous ai bien attrapés !

Antinoüs se relève d'un bond, rouge de honte et de colère. Iméni a l'air terriblement déçu. Cléo précise :

— Je ne suis pas Cléopâtre, je suis seulement sa sœur !

CHAPITRE 3

MEMPHIS

Les deux garçons ne savent plus que dire. Est-ce encore un mensonge ? Iméni quête la réaction de son ami pour savoir quelle attitude adopter. Devant leur mine perplexe, Cléo pouffe de rire derrière sa main. Un rire qui signifie clairement qu'elle s'est une nouvelle fois moquée d'eux.

— Qu'est-ce qu'il fait, ton père ? demande Iméni pour apprendre enfin quelque chose sur cette fille.

Cléo se gonfle d'importance.

— Mon père, il est chasseur de lions !

— Tu rigoles encore, là, suppose Antinoüs.

— Qu'est-ce que tu crois ? Que je sors d'un trou à rats ? Tous mes ancêtres ont chassé le lion avec les Pharaons !

— Cléopâtre organise des chasses aux fauves ? s'étonne Iméni.

— Je ne sais pas, répond la petite en baissant la tête. Mon père est mort quand j'avais deux ans.

Un silence. Cette fois la petite fille paraît sérieuse. Elle s'est assise sur les talons et caresse le fennec.

— Moi, mon père, il est tailleur de pierres, annonce Iméni. Et celui d'Antinoüs, il est marchand d'olives.

La gamine continue à grattouiller l'animal comme si elle n'avait pas entendu ou comme si les phrases passaient à travers elle.

— Pour avoir de quoi survivre, ma mère m'a vendue au propriétaire d'une maison de bière, reprend-elle. La taverne de *L'œil d'Horus*. Je sers les clients. C'est en les écoutant que j'apprends quantité de choses.

— Ah, fait Iméni sans oser la regarder.

Antinoüs s'accroupit, se met à triturer son filet.

— C'est triste, rajoute le jeune Égyptien.

Cléo se raidit.

— Qu'est-ce qui est triste ? jette-t-elle avec colère. Je n'ai pas besoin de votre pitié parce que... parce que...

Pour couper court, elle plonge dans le Nil et se met à nager vers la digue, un long chemin de pierre qui protège l'entrée du port de Memphis, et qui est aux trois quarts recouvert par la crue.

À peine est-elle montée sur la digue que Cléo se met à courir. Sa baignade l'a mise en retard. Le patron de *L'œil d'Horus* va encore la houspiller. Il n'est jamais content celui-là. À croire qu'il est né avec la grogne à la bouche. Deux gros bateaux sont en cours de chargement le long du quai.

Cléo quitte la zone des entrepôts et se dirige vers le grand temple de Ptah, le dieu protecteur de Memphis. La fillette traverse des ruelles étroites à forte odeur de friture et de crottin d'âne. Des artisans sont assis à même le sol et présentent leurs marchandises. Hommes et femmes se bousculent dans les rues tandis que les enfants préfèrent jouer sur les toits-terrasses des maisons.

Cléo approche. Le temple est tout près maintenant. La maison de bière est située en face de lui, sur une petite place où se tient le marché. Soudain un appel remonte la rue et fend la foule en deux. Les gens se collent contre les façades, les marchands reculent leurs produits… Un char déboule, conduit par un officier. Le fouet claque aux oreilles des chevaux, les sabots martèlent le sol, la poussière fait tousser.

Le char qui a dépassé Cléo est arrêté devant la taverne. Les deux chevaux ont tellement couru qu'ils ont la tête dans l'abreuvoir. La fillette pousse enfin la porte de *L'œil d'Horus*.

— Ah ! tout de même ! s'écrie le patron. Je me demandais si les grenouilles n'avaient pas fait de toi leur princesse !

Des hommes rigolent. L'un d'eux ajoute :

— À voir tes cheveux et ta tunique tout mouillés, et à sentir sur toi l'odeur du fleuve, on peut être sûr que tu viens d'épouser le roi des crapauds !

Cléo ne rit pas. Elle adore se moquer des autres

mais ne supporte pas qu'on se paie sa tête. Elle tire une moue, se faufile entre les tables basses et les nattes en roseau sur lesquelles sont installés les buveurs.

— Va prendre la commande de l'officier qui vient d'arriver ! lui lance le patron. Il est dans la pièce blanche avec trois de ses compagnons.

La pièce blanche est un petit réduit aux murs enduits de chaux situé au fond du couloir, et dont l'entrée est camouflée par une lourde tenture. C'est là que se retirent ceux qui ont à discuter d'affaires plus ou moins secrètes. Cléo obéit, remonte le corridor, mais au moment d'écarter le rideau, elle entend :

— Alors nous sommes d'accord : il faut tuer Cléopâtre !

CHAPITRE 4

LE COMPLOT

Cléo reste pétrifiée. Elle se demande si elle a bien compris et tend l'oreille pour écouter la suite.

— Les routes sont coupées par la crue, rappelle l'officier. Toi, le rouquin, tu monteras sur *L'Horizon de Râ* pour rejoindre Alexandrie. Le bateau part demain. Tu avertiras le général Achillas que les maires des plus grandes villes d'Égypte sont d'accord pour qu'il devienne Pharaon à la place de Cléopâtre.

— Quand et comment tuera-t-il Cléopâtre ?

— À la fête d'Isis, dans cinq jours. Achillas a prévu de…

— Cléo ! hurle soudain le patron, faisant tressaillir la gamine. Tu t'es endormie ? Il y a du monde à servir dans la salle !

Interrompu par l'appel du tenancier, l'officier s'est arrêté de parler. « Si l'un d'eux me découvre, je suis morte », s'effraie Cléo qui ne voit aucun endroit où se cacher. « Et si j'entre maintenant dans la pièce, ils vont comprendre que j'ai tout entendu. » Cléo espère que les quatre conspirateurs ne se doutent pas qu'elle est juste derrière la tenture. « Ça va, souffle-t-elle, rassurée. Ils recommencent à discuter, mais d'une voix tellement basse que je ne saisis plus ce qu'ils racontent. »

— L'officier n'a pas soif ? crie à nouveau le patron.

Le cœur de Cléo fait un bond dans sa poitrine. Le rideau glisse d'un coup sur sa tringle. Et là, debout devant Cléo : le rouquin !

— On nous espionne ! jette-t-il aux trois autres.

Sa grosse main plonge sur la fillette, mais Cléo est plus rapide. Elle se baisse, pivote sur ses talons et s'enfuit vers la salle.

— Rattrape-la ! commande l'officier. Si elle nous dénonce, nous sommes perdus.

L'un derrière l'autre, les quatre hommes s'élancent derrière la petite. La gamine arrive en trombe dans la salle. Elle marche dans un plat de lentilles posé sur une natte, renverse un tabouret, écrase les doigts d'un vieillard assis par terre...

— Cette grenouille est complètement folle ! s'exclame un client.

— Elle court comme si elle avait le dieu Seth à ses trousses.

— Holà ! tonne le patron. Tu es tombée sur la tête ?

Sa surprise est totale lorsqu'il voit les quatre poursuivants bousculer les habitués et sauter dans les mêmes plats que la petite. Cléo aimerait appeler à l'aide et avertir les gens que des tueurs sont après elle, mais elle a si peur que les mots restent bloqués dans sa gorge.

— Arrêtez-la ! Elle nous a volé un objet précieux ! ment l'officier.

Les bras se tendent. Certains clients se lèvent pour bloquer le passage à la petite serveuse. « Ils ne me laisseront pas le temps de m'expliquer, se dit Cléo. Le rouquin me tordra le cou dès qu'il posera la main sur moi. » Alors elle frôle une jambe, évite une table, bondit par-dessus une amphore et...

atterrit sur le ventre d'un gros Égyptien qui vient d'entrer. L'homme tombe sur les genoux, se cramponne au rouquin pour qu'il l'aide à se relever. Ffft, Cléo en profite pour se faufiler dans la rue.

Quand les quatre gaillards se précipitent à l'extérieur, Cléo est déjà au bout de la rue.

— Elle n'ira pas loin, déclare l'officier en grimpant sur son char.

Dès qu'elle entend le martèlement des sabots, la fillette se jette dans une petite ruelle si étroite que les chevaux ne peuvent courir sans risquer de cogner le char contre les murs. L'officier s'engage malgré tout derrière elle, mais, au premier tournant, il brise une roue contre une borne en pierre. Ses trois complices le rejoignent, rouges et suant à grosses gouttes.

— Rabattez-la vers le Nil ! ordonne l'officier. Et faites-la disparaître !

Cléo essaie de perdre ses poursuivants dans les ruelles, mais un des hommes surgit sur sa droite. Prise de peur, la fillette veut s'enfuir par la gauche, mais un deuxième apparaît qui lui bloque le passage. Le troisième arrive derrière elle, l'empêchant de retourner en arrière. Alors Cléo n'a plus qu'une solution : courir vers le fleuve.

Lorsqu'elle atteint le Nil, ses poursuivants sont

sur ses talons. « Je ne peux pas traverser à la nage, se dit la gamine, le fleuve est bien trop large. » Cléo aperçoit soudain une embarcation à l'écart, près d'une nappe de nénuphars. Deux petites silhouettes sont à l'intérieur : l'une est couchée sur le dos, l'autre fait des moulinets avec son épuisette. À coup sûr, ce sont Antinoüs et Iméni ! Le voilà, le salut ! Cléo agite les bras pour attirer leur attention, mais ils ne la remarquent pas.

Plouf ! Elle saute dans le Nil. Le rouquin plonge à son tour. Cléo se met à nager sous l'eau pour échapper à sa vue. L'homme se retourne et crie à ses complices de longer les papyrus pour cueillir la gamine dès qu'elle remettra le pied sur la terre ferme.

Retenant sa respiration, Cléo nage jusque sous les nénuphars. Alors, elle peut remonter pour respirer en se cachant sous la feuille. La bachole est toute proche, mais le rouquin n'est pas loin, qui guette chaque mouvement de l'eau. Cléo s'enfonce à nouveau et continue à nager vers la barque. La voilà enfin, juste au-dessus de sa tête ! On dirait un crocodile endormi. Ouf ! Cléo refait surface et s'agrippe des deux mains à la bachole. Fenk vient immédiatement planter sa truffe contre son nez.

— Oh non ! Pas encore elle ! s'exclame Antinoüs en l'apercevant derrière lui.

— Aidez-moi ! souffle la fillette. On me pourchasse ! On veut me tuer !

— Ouais, ouais, fait Iméni sans bouger le petit doigt.

— Laisse-nous rigoler, dit Antinoüs. Qu'est-ce que tu as inventé, cette fois ?

— Rien du tout ! panique Cléo en voyant approcher le rouquin qui l'a aperçue.

— Hé ! Cette folle va nous faire chavirer ! s'effraie Iméni comme elle s'accroche des bras et des jambes au rebord pour grimper dans la barque.

— C'est vrai qu'on la suit, constate Antinoüs. Le bonhomme a l'air furieux.

Sitôt dans l'embarcation, Cléo s'empare de la pagaie et commence à ramer de toutes ses forces.

— Tu as dû gâcher sa journée avec tes bêtises pour qu'il t'en veuille à ce point, suppose Iméni.

— J'ai mis le doigt sur un complot : ils veulent tuer Cléopâtre ! Alors nous devons aller la prévenir à Alexandrie.

— Nous ? Comment ça, nous ? s'écrient en chœur les deux garçons.

CHAPITRE 5

CAP SUR ALEXANDRIE

En quelques mots, Cléo raconte ce qu'elle a entendu à *L'œil d'Horus*.

— Maintenant que vous êtes dans la confidence, ils vont vouloir vous tuer aussi, affirme-t-elle. Alors prenez vos pagaies et ramez !

Un coup d'œil sur le rouquin qui redouble d'ardeur pour les rattraper. Sa face exprime une telle colère, une telle sauvagerie qu'il fait peur. Iméni saisit sa rame, Antinoüs arrache la sienne des mains de Cléo, et ils piochent l'eau à grands gestes.

— Je ne te crois pas, halète Antinoüs. Tu lui as volé un objet de valeur, et il veut le récupérer.

— Bien sûr ! Je lui ai dérobé une énorme oie rôtie ainsi que le chat dont il se sert pour aller chasser les hérons et les poules d'eau. Sans compter que j'ai aussi raflé les bijoux, le parasol et les plus belles tuniques de sa femme.

Les deux garçons arrêtent de ramer. Ils la dévisagent avec des yeux horrifiés. Vont-ils la jeter à l'eau ? La remettre au rouquin pour obtenir une récompense ?

— C'est pas vrai ! se défend la fillette. Vous ne voyez pas que je n'ai rien sur moi ! Reprenez la navigation ! Vite !

— Tu as pu les cacher, relève Iméni.

— Avec cet homme à ses trousses ? Elle n'a pas eu le temps, dit le jeune Grec.

— Alors qu'est-ce qu'on fait ?

— On rame ! ordonne Antinoüs. On réfléchira après.

La bachole s'éloigne rapidement. Le rouquin abandonne. De rage, il frappe l'eau et hurle :

— Je vous retrouverai tous les trois. Personne n'échappe à Paneb le Rouge !

— Nous voilà liés par le danger, glousse Cléo.

— Ne rêve pas. On te dépose sur la berge, et après tu te débrouilles seule.

Les complices de Paneb le Rouge ont suivi l'embarcation depuis la rive. Dès qu'ils se rendent compte que la bachole vient vers eux, ils ricanent et se frottent les mains. L'un des deux hommes porte un carquois rempli de flèches sur son épaule, et il tient un arc à la main. C'est un chasseur : il manque rarement sa cible.

Assise entre les deux garçons, Cléo les reconnaît alors que la barque glisse sur un tapis de nénuphars.

— Retournez au milieu du fleuve ! s'affole-t-elle. Ces deux-là font partie de la bande !

— C'est évident, soupire Iméni. La moitié de l'Égypte est à ta recherche.

— Il y a encore cet officier avec son char, complète Cléo. Qu'est-ce que vous attendez pour virer de bord ?

— Nous allons rester dans le courant un petit moment, conseille Antinoüs. Nous verrons bien si ces hommes en ont après nous.

Ziiip ! Une première flèche fend l'air et se fiche dans la proue en roseau. Les enfants paniquent.

— Alors ? Je raconte des histoires ? s'emporte Cléo. Et regardez qui arrive là-bas !

Monté sur un nouveau char, l'officier surgit d'une des ruelles, longe la berge au galop et rejoint ses hommes.

— C'est donc vrai… balbutie Iméni comme une deuxième flèche s'envole du rivage.

— Couchez-vous !

Ffft ! Elle passe au-dessus d'une tête et va se perdre dans les flots. Courbés en deux, les garçons pagaient à se rompre les bras pour se mettre hors de portée des flèches. Une troisième siffle dans le vent, mais le tir est trop court : elle tombe à une coudée de la bachole. Une quatrième disparaît dans l'eau, derrière eux.

— Ils ne peuvent plus nous toucher, assure Antinoüs en se redressant. Mais ils ne nous lâchent pas. Ils nous suivent toujours de la rive.

Iméni a soudain une idée.

— Abordons de l'autre côté. Ils croiront que nous habitons dans un des villages situés à l'ouest. Nous profiterons de la nuit pour retraverser le Nil et rentrer chez nous.

Cléo repousse du pied le fennec qui s'est accroché à sa cheville.

— Paneb vous a vus, dit-elle. Il n'embarque que demain sur *L'Horizon de Râ*. Lui et ses acolytes vont passer la nuit à surveiller chaque barque qui accoste à Memphis.

— Allons nous cacher dans une oasis jusqu'à demain, propose Antinoüs.

— Ils nous retrouveront tôt ou tard, assure Cléo. Notre seule chance, c'est d'avertir la reine pour qu'elle fasse emprisonner tous les conspirateurs.

— On ne va pas aller jusqu'à Alexandrie ! se lamente Iméni en levant les bras. On en a pour trois ou quatre jours de voyage ! Et puis nos parents vont s'inquiéter ! Pourquoi ne pas leur expliquer toute l'histoire, à eux ? Ils iraient en parler aux autorités, et ce serait à elles d'agir !

— Tu penses vraiment que ton père lâcherait son maillet et son burin pour courir prévenir les officiers de sécurité ?

Iméni baisse la tête.

— Il ne me croirait pas, c'est certain.

— Et puis nous ne savons pas qui fait partie du complot, poursuit Cléo. Imagine que ce soit justement celui à qui tu vas aller tout raconter …

— Aïe, aïe, aïe, souligne Antinoüs. On serait mal.

— Donc… conclut Cléo.

Elle libère sa cheville et fourre le fennec dans les bras d'Iméni. Elle hèle une embarcation toute proche, s'adresse au pêcheur.

— Tu connais Naket le tailleur de pierres et Phidos le marchand grec d'olives ?

Le bonhomme fait oui de la tête.

— Préviens-les que la princesse Cléo a engagé leurs fils pour une mission secrète, et qu'ils ne seront pas de retour avant une bonne semaine !

— Comment va-t-on se nourrir ? proteste Iméni.

— De la pêche, pardi ! Et en volant sur les marchés ! Je vous apprendrai.

— Princesse, hein ? répète Antinoüs.

— Je te nomme général, décide Cléo en s'allongeant dans la bachole. Et toi, Iméni, capitaine de notre vaisseau ! Maintenant ramez ! Alexandrie est encore loin.

CHAPITRE 6

AU FIL DU NIL

À la tombée de la nuit, les trois enfants se faufilent dans une forêt de roseaux et attachent la bachole aux tiges.

— Personne ne pourra nous découvrir ici, dit Antinoüs.

Iméni jette un coup d'œil entre les papyrus. Le Nil ressemble à une mer, et les villages paraissent flotter sur l'eau.

— Les pêcheurs sont rentrés chez eux, remarque-t-il. Il ne reste que les crocodiles et les hippopotames pour nous tenir compagnie.

— Bah, ils se fichent pas mal de vos os, rétorque la gamine. Avec la crue, ils peuvent nager jusqu'aux porcheries et aux poulaillers. Je me souviens qu'une année le fleuve avait tellement débordé que l'eau était entrée dans les maisons, et les paysans avaient découvert des crocodiles dans leur lit.

— Ouais, ouais, chante Iméni. Et une autre fois, le niveau du Nil avait tellement baissé que les poissons avaient été obligés de nager la tête en bas pour trouver de l'eau.

Cléo hausse les épaules et marmonne entre ses dents. Si, chaque fois qu'elle ouvre la bouche pour dire quelque chose, l'un ou l'autre des garçons sort une réplique pour lui clouer le bec, cela ne va pas être amusant de naviguer avec eux jusqu'à Alexandrie.

— Je meurs de faim, annonce Antinoüs. Écaillez et videz les poissons qu'on a pêchés ! Pendant ce temps, je vais allumer un petit feu. Donne-moi les silex, demande-t-il à Iméni en tendant la main.

— Il n'est pas question de faire du feu, déclare Cléo. Vous voulez nous faire repérer ?

— Ceux qui le verront penseront au foyer d'un pêcheur devant sa cabane.

— L'officier a dû lancer des hommes après nous, suppose la fillette. Je ne veux pas prendre de risques.

Iméni et Antinoüs se regardent. Peut-être Cléo a-t-elle raison, après tout. Du coup, ils baissent la voix et évitent de remuer dans la barque, car, la nuit, les bruits s'entendent de loin.

Accroupi sur les talons, Antinoüs commence à racler les écailles avec le petit couteau qu'il porte toujours à la ceinture. Iméni prend le sien, fend les poissons en deux et donne les viscères à Fenk. En quelques clappements de langue, le fennec avale tout. Il se régale vraiment. Mais ce n'est pas la même chose quand Iméni porte la chair crue à sa bouche. Il tire une moue dégoûtée. Antinoüs hésite, lui aussi. Il ne trouve pas cela très appétissant. Cléo, elle, dévore les poissons à belles dents.

— Si vous aviez vraiment faim, vous ne feriez pas cette tête jaune, leur dit-elle. Je ne parle pas du petit creux entre deux repas, mais de la faim qui vous mange par en dedans jusqu'à ce que vous ne puissiez plus tenir sur vos jambes.

— Tu l'as connue, toi, cette faim-là ?

— Oui !

— Hééé, corrige Iméni, pas d'accord avec toi,

fillette ! Quand on travaille dans une taverne, on trouve toujours quelque chose à grappiller.

Son ami lui donne un petit coup de pied pour qu'il se taise. Iméni comprend alors, au silence inhabituel de Cléo, qu'elle a dû vivre des années difficiles. Il se décide à mordre dans un poisson.

— Pouah !

Il le recrache, jette le reste dans le fleuve.

— Je ne peux pas avaler ça. C'est…

L'eau s'ouvre tout à coup. Deux mâchoires claquent. Des corps remontent à la surface, pareils à des troncs d'arbres noirs. Il y en a tout autour de l'embarcation. L'un d'eux fouette l'eau avec sa queue, un autre entrebâille une gueule terrifiante. Ses dents luisent sous l'éclat de la lune. Des yeux clignotent au ras de la surface. Iméni attrape alors le panier rempli de poissons et l'envoie par-dessus bord, corbeille comprise. Les crocodiles plongent, se battent sous l'eau pour emporter le panier.

— Il fallait le lancer le plus loin possible, siffle Cléo du bout des lèvres. Pas juste à côté de nous.

L'eau bouillonne, des vagues sautent, la bachole est ballottée de droite et de gauche et d'avant en arrière. Les enfants se sont couchés et se cramponnent de toutes leurs forces au rebord. Antinoüs serre Fenk contre lui pour l'empêcher de bondir hors de la barque. Cela dure un moment puis le Nil se calme.

— Il faut partir d'ici, recommande Antinoüs. On s'est amarrés juste au-dessus d'un nid de crocodiles.

Ils se redressent lentement, détachent la corde,

reprennent les pagaies et les enfoncent dans l'eau sans mouvement brusque. La bachole s'éloigne des papyrus.

Trois jours plus tard, les enfants ont quitté le cours du Nil pour un canal qui mène jusqu'à Alexandrie. Il fait chaud, terriblement chaud. Epuisés d'avoir longtemps ramé, Cléo, Iméni et Antinoüs se reposent, allongés dans la barque. Le fennec commence soudain à s'agiter.

— Dors, marmonne Antinoüs, ce n'est pas le moment de jouer.

Fenk insiste, pousse des couinements. Cléo ouvre une paupière, jette un coup d'œil du côté des palmiers qui frangent la rive, là où le canal fait un coude. Son cœur bondit dans sa poitrine.

— Par Osiris ! s'exclame-t-elle. *L'Horizon de Râ* est sur nous ! C'est sur ce navire que se trouve Paneb le Rouge, le rouquin qui m'a pourchassée dans l'eau.

Le réveil est brutal. Les garçons se relèvent, découvrent en effet la coque rouge du navire qui se profile derrière les troncs.

— Paneb va nous apercevoir ! Les roseaux sont trop loin pour...

— On retourne la bachole ! commande Cléo. Et on se cache dessous !

— Mais...

Pas le temps d'écouter Iméni. On se cramponne des deux mains au rebord et on se balance en arrière. Une fois. Deux fois. À la troisième tentative, la barque se renverse. Toutes les provisions coulent au fond. Trois têtes réapparaissent sous la bachole. Cléo et Iméni serrent chacun une pagaie dans leur main, Antinoüs maintient Fenk contre lui. *L'Horizon de Râ* approche. Ses rames frappent l'eau en cadence.

— Il faut nous écarter de sa route, avertit Antinoüs, sinon ils vont nous assommer avec leurs avirons.

Les enfants remuent des jambes, la bachole se déplace lentement. Splash ! Splash ! Splash ! Les rames plongent, s'envolent, plongent, s'envolent... L'une d'elles frôle l'embarcation en soulevant un jet d'écume. Saisie par la houle provoquée par le

passage du navire, la bachole se met à danser sur l'eau, entrechoquant les têtes.

— Ne sortez pas de là-dessous, dit Cléo. Si quelqu'un est debout à l'arrière du bateau, il peut encore nous voir.

— Nous avons tout perdu, se lamente Iméni. Nous voilà condamnés à devoir manger du poisson cru. Les dieux nous punissent durement pour avoir volé dans les jardins et sur les marchés depuis que nous avons quitté Memphis.

— Nous n'aurons plus le temps de pêcher, indique la fillette. Il va falloir ramer sans arrêt pour rattraper notre retard sur *L'Horizon de Râ*. Il ne nous reste plus qu'un jour pour sauver Cléopâtre.

CHAPITRE 7

ALEXANDRIE LA GRANDE

La haute flamme du phare d'Alexandrie brille au bout de l'île de Pharos. Elle se repère de loin, de la mer comme de la terre, signalant à tous l'emplacement de la plus grande ville du monde.

— Nous avons réussi ! s'écrie Iméni comme ils accostent au sud de la ville. Cela fait quatre jours que nous naviguons sur le Nil. Je me sens l'âme d'un vrai marin.

— Nous ne sommes pas encore au palais, fait observer Antinoüs. Je doute que la reine nous reçoive si tard.

— Il le faudra pourtant, car il y va de sa vie, dit Cléo. Je suis sûre que Cléopâtre nous offrira l'hospitalité pour cette nuit. Elle ne peut pas renvoyer ses sauveurs. Mon rêve à moi, c'est de vivre une journée comme une princesse. Et je sens que ça va m'arriver !

Ils abandonnent l'embarcation au pied des murailles, et se mêlent à une caravane qui revient d'Orient. Les gardes, à l'entrée, arrêtent le convoi et contrôlent les marchandises en fouillant sans douceur dans les coffres et dans les sacs.

— Ce sont des présents pour la reine, déclare l'homme qui conduit la file de chameaux. Nous lui remettrons entre autres ce superbe tapis, cadeau du roi des Parthes. Alors évitez de faire des trous dedans avec vos lances !

Les soldats les laissent passer. C'est à peine s'ils posent un œil sur les trois enfants, les prenant pour les fils et la fille d'un quelconque caravanier. Sitôt à l'intérieur de la ville, Cléo, Antinoüs et Iméni sont impressionnés par la très large et longue avenue qui fend Alexandrie en deux, et par les autres artères qui se coupent à angles droits. Rien à voir avec les tortueuses ruelles de Memphis.

— Vous vous rendez au palais royal ? demande Cléo à un chamelier.

— Pas ce soir. Nous y sommes attendus demain matin, juste avant la cérémonie au temple d'Isis. Nous allons nous installer sous les portiques de l'agora pour la nuit.

— L'agora, c'est quoi ?

— La grande place du marché, répond Antinoüs. Alexandrie est une ville grecque.

— Il est où, le palais de Cléopâtre ? interroge Iméni.

— Il suffit de remonter le quartier juif et vous y arrivez, explique l'homme. Le palais est situé près du cap Lochias, en face du port.

Les trois compagnons suivent la caravane jusqu'à ce que le chamelier leur indique la voie qu'il faut emprunter. Il s'étonne alors de les voir partir tout de suite.

— Vous n'avez pas l'intention d'aller offrir ce fennec à la reine maintenant ? dit-il en roulant des yeux ahuris.

— Nous avons une autre surprise pour elle, annonce Iméni en gonflant sa poitrine pour se donner un air important.

— Ah bon ? fait l'homme, curieux de savoir.

— Ne l'écoutez pas, intervient Antinoüs. Mon ami raconterait n'importe quoi pour se rendre intéressant.

Cléo saisit Iméni par le bras et le tire à l'écart.

— Les conspirateurs ont des oreilles partout, lui chuchote-t-elle. Tu veux donc nous faire repérer ? Heureusement, Antinoüs réfléchit pour deux.

Ils se séparent du convoi, traversent le quartier juif et ses innombrables boutiques et découvrent le quartier royal avec sa suite de bâtiments et de jardins. Enfin ils atteignent le port. Des navires de guerre sont amarrés dans un bassin spécial. Le reste du port est occupé par de gros vaisseaux de commerce qui attendent l'aube pour s'aventurer sur la mer. Les enfants approchent du palais, mais à peine ont-ils posé le pied sur la première marche d'un imposant escalier que deux soldats, postés en sentinelle, croisent leurs lances pour leur en interdire l'accès.

— Nous voulons voir Cléopâtre ! annonce Cléo d'un ton ferme.

Les deux gardes haussent les épaules.

— Passez votre chemin ! Vous la verrez demain au cours de la procession.

— Il faut leur parler du complot, murmure Antinoüs à la gamine, sinon ils ne nous laisseront jamais entrer.

— Nous venons avertir la reine qu'on va tenter de l'assassiner pendant la fête d'Isis. Nous avons surpris une discussion entre les comploteurs.

Les soldats se regardent, se demandant ce qu'il faut en penser.

— Je vous assure que c'est vrai, appuie Antinoüs. Nous venons de Memphis pour la prévenir.

— Hum, grogne le premier garde, peu convaincu.

Le deuxième hésite.

— Il vaut peut-être mieux le signaler tout de même au général Achillas, on ne sait jamais.

— Le général Achillas ? s'étrangle Cléo.

— C'est l'officier de sécurité du palais. Je vais aller le chercher. Vous lui raconterez …

— Ce n'est pas la peine, reprend la fillette. Je voulais simplement rencontrer la reine pour danser devant elle. Alors on a inventé une histoire de conspirateurs pour que vous nous laissiez passer. Mais si c'est le général qui nous reçoit, il ne va pas m'engager comme danseuse d'Isis, n'est-ce pas ?

Le visage des soldats s'est durci.

— Mais elle se fiche de nous ! gronde l'un d'eux d'une voix pleine de colère.

— C'est pas grave ! On rigole ! complète Iméni.

Le garde fait mine de s'élancer vers eux. Les enfants détalent. Ils s'arrêtent de courir lorsque le palais est hors de vue. Alors, ils s'assoient contre le mur d'une maison, désespérés.

— C'est fichu, soupire Antinoüs. L'ennemi est dans la place. Qui sait si Paneb le Rouge ne va pas nous tomber dessus au détour d'une rue ?

— Avoir fait tout ce chemin pour rien, gémit Iméni. C'est pas juste.

Cléo, elle, ne dit rien. Elle a relevé ses jambes contre sa poitrine, posé son menton sur ses genoux, et elle a l'air d'être complètement absente.

— Hé, tu es toujours avec nous ? grommelle Antinoüs en lui décochant un petit coup de coude.

Cléo ne réagit pas tout de suite. Elle regarde fixement devant elle, puis soudain elle se redresse en claquant des doigts.

— J'ai trouvé le moyen de parvenir jusqu'à la reine !

CHAPITRE 8

CLÉOPÂTRE

Le soleil se lève sur Alexandrie, dévoilant une forêt de bâtiments de marbre, de palais, de jardins et de temples au toit d'or. Les rues s'animent très vite, les marchands s'installent sur l'agora avec leurs produits. Bientôt la foule s'écarte devant les chameaux qui transportent vers le palais les cadeaux des rois d'Orient destinés à La Plus Belle des Belles, à La Nouvelle Isis : Cléopâtre ! La caravane s'arrête devant le grand escalier. Des soldats établis sur les marches forment deux rangs de boucliers et de lances. Les chameliers détachent les coffres et les ballots d'étoffes précieuses que des serviteurs s'empressent d'emmener dans la grande salle.

Là, assise sur son trône, Cléopâtre attend. Elle porte la double couronne des Pharaons, un collier d'or représentant le dieu faucon Horus aux ailes déployées, et elle est vêtue d'une magnifique tunique blanche si fine qu'on la croirait tissée avec du fil d'araignée. Ses deux plus fidèles servantes se tiennent à sa gauche, le général Achillas est à sa droite, le glaive à la ceinture. Il étudie d'un œil sévère tous ceux qui entrent dans la salle et déposent leurs cadeaux aux pieds de la reine. Des gardes sont placés près de la porte, près des fenêtres et devant chacun des piliers qui soutiennent le plafond décoré d'un champ d'étoiles. Accroupi devant le trône, un scribe inscrit sur une feuille de papyrus le nom et l'origine de chaque objet.

— Le roi de Babylone donne un coffre rempli de vaisselle d'or et d'argent, annonce un des chameliers qui détaille ensuite chaque pièce.

— Les princes du désert offrent trois corbeilles de pierres précieuses, poursuit un autre.

Il les renverse l'une après l'autre : la première contient des rubis, la deuxième des émeraudes, la troisième des opales. À chaque passage, Cléopâtre remercie d'un signe de la main. Des richesses

s'amoncellent devant le trône : des étoffes de la lointaine Perse, des peaux de panthères blanches, des objets en or, des parfums, des épices... Enfin, deux porteurs se présentent avec un épais tapis enroulé sur lui-même, et lié à chaque extrémité par une cordelette.

— Et voici le présent du roi des Parthes : un superbe tapis en poil de chamelle !

Les hommes le déposent aux pieds de la reine. Ils s'apprêtent à couper les liens quand Cléopâtre les retient d'un geste.

— Ce n'est pas la peine de le dérouler, dit-elle. J'accepte avec joie tous ces cadeaux qui témoignent des bonnes relations qui existent entre nos différents pays. Une partie servira d'offrandes à

la déesse Isis. Maintenant, il est temps que j'aille m'apprêter pour la cérémonie au temple.

Elle se lève. Tous s'inclinent et sortent de la salle à reculons.

Cachés à l'angle d'une maison, Antinoüs et Iméni guettent avec impatience le retour des chameliers.

— Les voilà ! annonce Iméni.

Les deux garçons se hâtent de les rejoindre.

— Alors ? demande Antinoüs avec un petit sourire malicieux. La reine a-t-elle apprécié le don du roi des Parthes ?

— Le tapis ? Cléopâtre ne l'a même pas déroulé.

Les enfants restent figés par la stupeur.

— Pas déroulé ? Mais alors… Cléo… ?

CHAPITRE 9

DANS LE JARDIN
DU PALAIS

Les deux garçons se précipitent vers le palais, mais il est impossible d'entrer par l'escalier tant il y a de gardes sur les marches.

— Il faut absolument qu'on retrouve Cléo, dit Antinoüs. On ne peut pas la laisser prisonnière là-dedans.

— Passons par les jardins, propose Iméni.

L'instant d'après, les deux amis escaladent le tronc d'un palmier appuyé contre le mur du jardin royal. Antinoüs a mis Fenk sous sa tunique, contre son ventre, mais le petit animal n'est pas rassuré et il couine doucement. Un coup d'œil à droite, un coup d'œil à gauche ! Personne ne regarde de leur côté. Hop ! ils sautent dans le jardin et se cachent derrière une haie de rosiers. Des jardiniers sont occupés à arracher les mauvaises herbes, d'autres tirent de l'eau à un puits pour aller arroser les fleurs et les légumes.

— La voie est libre de ce côté-là, indique Antinoüs en montrant un petit pavillon entouré de vignes. Allons-y ! Une fois là-bas, nous trouverons bien le moyen d'entrer dans le palais par une fenêtre.

Longeant la haie, puis se glissant derrière des massifs de fleurs et des arbustes, les enfants arrivent au pavillon, près d'un bassin d'eau rempli de lotus. Mais alors qu'ils contournent le bâtiment, ils surprennent des voix provenant de l'intérieur.

— Tu as bien compris comment faire, Paneb ?
— J'ai tout retenu dans les moindres détails.

Votre plan est parfait, général Achillas. Le dieu Seth tuera Cléopâtre devant la statue d'Isis.

— Va-t'en à présent ! Je ne veux pas que quelqu'un te découvre ici avec moi. Je vais attendre un moment avant de quitter ce pavillon à mon tour.

Antinoüs et Iméni n'ont que le temps de courir s'accroupir derrière la vigne chargée de lourdes grappes. Paneb le Rouge sort du bâtiment et se dépêche de disparaître au détour d'une allée. Achillas reste sur le pas de la porte, puis il décide d'aller s'asseoir devant le bassin. C'est l'instant que choisit Fenk le fennec pour se manifester. Mécontent de se sentir prisonnier sous le vêtement de son maître, il se met à pousser des petits cris. Achillas se relève d'un bond, dégaine son épée et se dirige vers les vignes.

— Il nous a vus ! s'effraie Iméni.

— Hé là ! s'écrie le général comme les garçons se sauvent.

Pour courir plus vite, Antinoüs pose le fennec au sol. Ne sachant par où s'échapper, les enfants paniquent et s'enfuient du côté du potager.

— Rattrapez ces petits voleurs ! crie Achillas pour attirer l'attention des jardiniers. Ils sont venus dérober les raisins de la reine !

Lui-même se lance à leur poursuite. Les hommes lâchent leurs instruments et se ruent à la suite des deux amis. Des soldats apparaissent, qui leur bloquent le passage.

— Nous sommes perdus ! souffle Antinoüs.

Pendant ce temps, Cléopâtre a quitté la salle du trône et est retournée dans ses appartements avec ses deux servantes.

— Préparez mes vêtements de grande prêtresse ! ordonne la reine dès que la porte est refermée derrière elles.

Pendant que l'une se dirige vers un coffre, l'autre commence à déshabiller la reine.

— Ah ! peste Cléopâtre quand ses pieds nus entrent en contact avec le marbre, ces dalles sont toujours aussi froides. Je ne m'y ferai jamais.

— Le roi des Parthes vous a offert un tapis splendide, rappelle une de ses servantes. Pourquoi ne pas aller le chercher pour l'étendre ici ?

— C'est une excellente idée, reconnaît la reine. Va dire à un garde de me l'apporter !

Peu après, un soldat se présente, le tapis sur l'épaule.

— Étale-le devant mon lit !

L'homme coupe les cordelettes et le déroule en le tenant des deux mains.

— Ah ! s'écrient-ils en chœur en découvrant une fillette couchée dans les plis.

Le garde dégaine son arme. Cléopâtre l'empêche de saisir l'enfant, mais elle s'exclame :

— Qu'est-ce que c'est que cette sauterelle ?

— Ne me chassez pas ! supplie Cléo. J'ai des

choses extrêmement graves à vous apprendre. À vous seule !

La reine se penche et la regarde au fond des yeux comme si elle y cherchait la trace de quelque tromperie. Elle paraît réfléchir, puis elle renvoie le soldat et ses servantes.

— Je t'écoute, fait-elle.

La gamine lui raconte toute l'histoire. Pensive, Cléopâtre reste un moment sans prononcer une parole.

— C'est bien, dit-elle enfin. Si ce que tu affirmes est vrai, je dois être entourée de traîtres. Mais comment as-tu fait pour t'introduire dans ce tapis ?

— Je m'y suis glissée cette nuit avec l'aide de mes deux amis, pendant que les chameliers dormaient. Mais j'ai bien cru que j'allais étouffer à l'intérieur.

— C'est une idée originale, reconnaît Cléopâtre. Je ne suis pas près de l'oublier.

Brusquement des cris parviennent du jardin.

— Que se passe-t-il ? demande la reine. Qui se permet de faire un tel vacarme sous ma chambre ?

Une servante court à la fenêtre et se penche…

CHAPITRE 10

LE GÉNÉRAL ACHILLAS

— **L**es jardiniers ont attrapé deux enfants, explique-t-elle. Ils les amènent au général Achillas. Ah, comme c'est curieux, un petit fennec vient de mordre un jardinier à la cheville.

— Un fennec ! s'exclame Cléo. Alors il s'agit d'Antinoüs et d'Iméni !

Elle se précipite à la fenêtre, découvre ses amis aux mains du général.

— Il faut les sauver ! dit-elle en tournant vers la reine un regard implorant.

Cléopâtre s'encadre dans la fenêtre.

— Assez ! lance-t-elle d'une voix autoritaire. Général, amenez-moi ces deux enfants !

— Ce sont des voleurs, assure l'homme. Vous n'allez pas perdre votre temps avec…

— C'est un ordre !

Le général se présente aussitôt devant Cléopâtre avec les deux garçons. Antinoüs tient Fenk dans ses bras, mais l'animal gronde et montre les dents.

— Ils se sont introduits dans le jardin en franchissant le mur, explique Achillas. Il faudra faire couper le palmier. Son tronc sert trop souvent d'échelle.

Iméni s'écarte d'Achillas et vient glisser quelques mots à Cléo. Celle-ci s'empresse d'aller les répéter à l'oreille de la reine. Le général suit la scène en fronçant les sourcils. Que manigancent donc ces gosses ? Auraient-ils surpris quelque parole malheureuse ? Pourtant, de la vigne, on ne peut pas entendre ce qui se dit dans le pavillon. Et qui est cette fillette auprès de Cléopâtre ?

— Tu as raison à propos du palmier, général Achillas, admet la reine. Est-ce en l'escaladant que Paneb le Rouge t'a rejoint dans le pavillon ?

— Comment ? s'écrie le bonhomme en roulant des yeux ahuris.

Son visage change d'un coup. Son expression

devient plus sauvage et ses yeux se résument à deux fentes.

— Je ne connais pas de Paneb le Rouge, répond-il d'une voix grave.

— Dans ce cas, c'était le dieu Seth, précise Antinoüs.

— Je ne comprends rien, assure Achillas en posant négligemment la main sur la poignée de son épée.

— Nous savons tout ! annonce Cléo. Le complot réunit des maires et des officiers. Paneb est arrivé de Memphis sur *L'Horizon de Râ*. L'attentat contre la reine est prévu pendant la fête d'Isis. Et vous espérez bien devenir le prochain Pharaon. Alors ? La mémoire vous revient ?

Devant une telle exposition de détails, le général comprend qu'il est inutile de nier. Il tire son épée du fourreau.

— C'est tout de suite que tu vas mourir, Cléopâtre !

Fenk lui bondit sur la main, y plante ses crocs. Surpris par l'attaque, Achillas pousse un cri et lâche son arme. Antinoüs lui fait un croche-pied. L'homme culbute, roule au sol. La porte s'ouvre d'un coup. Des soldats s'engouffrent dans la pièce et pointent leur lance sur le général avant qu'il ait le temps de se remettre sur pied.

— J'étais avertie de ta trahison, dit Cléopâtre. Mes servantes sont allées prévenir mes gardes.

— D'autres se dresseront contre toi, la menace Achillas en se relevant. Le complot est à l'image d'une pieuvre : il s'étend à toute l'Égypte, et tu ne sauras jamais si la main qui se tend vers toi est celle d'un ami ou d'un ennemi. Ne compte pas sur moi pour te révéler le nom de mes partisans !

— Il nous reste Paneb le Rouge. Celui-là ne retiendra pas sa langue bien longtemps lorsqu'il barbotera dans le bassin aux crocodiles.

Achillas lui décoche un méchant sourire.

— Pour cela, il faudrait d'abord l'attraper !

CHAPITRE 11

LA FÊTE D'ISIS

La foule est massée le long des quais, contenue par une ceinture de soldats. Le sol est jonché de fleurs. Installée dans une litière reposant sur les épaules de six porteurs, Cléopâtre répond aux acclamations de son peuple par de légers mouvements de tête. Des danseuses sacrées ouvrent la marche, évoluant au rythme des flûtes et des tambourins, suivies par des prêtres au crâne rasé et vêtus d'une peau de panthère. Derrière la reine viennent les porteurs d'offrandes, ses officiers et une troupe de soldats. « Combien de traîtres y a-t-il parmi eux ? » se demande Cléopâtre qui caresse un fennec blotti sur ses genoux.

Le cortège remonte le port en direction du

quartier grec. Lorsqu'il arrive près de l'agora, il s'engage sur une digue qui relie la ville à l'île de Pharos. Les porteurs déposent la litière au pied du temple d'Isis. Cléopâtre en descend et, accompagnée par les prêtres chargés des offrandes, elle gravit les marches du temple. Ses gardes restent à l'extérieur, car il est interdit à des soldats d'entrer dans un lieu réservé aux dieux. La reine franchit la première salle où des prêtresses en robe blanche agitent des palmes sur son passage, et elle pénètre dans la chambre sacrée. Les prêtres y entassent des corbeilles contenant des objets en or, des étoffes, trois coffres en osier, des gerbes de fleurs, des pots de nourriture, puis ils ressortent, laissant Cléopâtre seule face à une statue colossale de la déesse Isis. Une ombre rampe alors sur le sol, issue de derrière la statue. C'est Seth, le dieu roux du désert et du Mal. Il avance vers la reine, une gerbe de papyrus dans les bras. Cléopâtre, elle, a ses mains derrière le dos.

— Ô Isis, commence la reine en s'adressant à la statue, ce sont tes larmes qui provoquent la crue et fertilisent l'Égypte. En liant ces gerbes devant toi,

Seth et moi allons symboliser l'alliance de l'eau et du sable, du Bien et du Mal.

Seth tend sa gerbe. Mais à la place d'une cordelette, Cléopâtre lui exhibe le fennec sous le nez. Fenk bondit sur Seth qui, de surprise, lâche ses papyrus qui tombent sur les dalles avec un bruit métallique. D'un geste vif, la reine lui arrache son masque. Apparaît alors un homme avec des cheveux couleur de flamme.

— Tu dois être Paneb le Rouge, dit-elle comme le rouquin se démène pour se débarrasser du fennec qui vient de le mordre à la cheville. Les enfants avaient entendu que tu te cacherais sous les traits de Seth.

— Tes gardes sont dehors, ricane Paneb le Rouge. Ce fennec représente ta seule défense ? Tu es bien naïve, Cléopâtre.

— Achillas est prisonnier. Tu ferais mieux de te rendre.

— J'ai pour mission de te tuer, et je le ferai !

— Un crime sous le regard d'Isis ? Les dieux te puniront, Paneb.

— Je les crains moins que tes hommes.

Les couvercles des coffres se relèvent brusquement. Cléo, Iméni et Antinoüs en jaillissent, une épée à la main. Profitant de l'effet de surprise, ils se placent devant la reine pour la protéger. Paneb se baisse, saisit le fennec par les poils de son cou et le projette loin de lui. Vif comme l'éclair, il plonge sa main dans les papyrus et en retire un poignard. Lorsqu'il se redresse, les trois enfants l'entourent, les épées dirigées sur lui.

— Je vous reconnais tous les trois. Vous n'espérez quand même pas m'arrêter ! Vous n'êtes que des gosses !

— C'est nous qui avons fait arrêter le général Achillas, déclare Cléo. Ne nous sous-estime pas !

— Tu as fini de chanter ! rage l'homme en levant son poignard sur elle.

Mais il feinte, pivote sur ses talons et frappe la lame d'Iméni, écartant l'épée de sa poitrine. Tsing ! Tsing ! Tsing ! En deux trois coups, Paneb fait reculer les enfants. Leurs épées sont plus longues que son poignard, mais ils les manient mal. Il repousse du pied le fennec revenu à l'attaque, et se précipite sur les enfants en poussant un rugissement de colère pour les effrayer. Ils se dispersent, Iméni perd même son épée. L'homme évite un coffret en bois lancé par la reine, puis il se rue sur elle, décidé à la tuer. Il frappe un grand coup, mais son bras ne rencontre que le vide. Cléopâtre s'est reculée, évitant l'arme. Elle court vers les corbeilles d'offrandes, les soulève, les renverse sur le sol. Les pierres précieuses se répandent sur les dalles.

— Hééé ! s'écrie le rouquin en glissant sur les émeraudes et les opales.

Il bat des bras, cherche à se retenir, mais il n'y a rien à sa portée. Il tombe sur le ventre. Le fennec s'accroche à sa cheville, l'empêchant de se relever. Iméni lui saute sur le dos, Cléo lui écrase les doigts en marchant dessus, Antinoüs pose la pointe de son épée sur son cou.

— J'appuie et tu es mort, lui dit-il.

L'homme cesse de se débattre. Cléopâtre sort une corde d'un panier, celle-là même qui devait servir à lier les gerbes de papyrus devant Isis. Aidée par Iméni et Cléo, elle ficelle solidement les mains de Paneb derrière son dos.

— Sors d'ici en marchant sur les genoux ! commande-t-elle. Remettez-le à mes gardes, dehors ! À présent, j'ai besoin d'être seule avec la déesse.

Le même jour, en fin d'après-midi, Cléo, Iméni et Antinoüs sont reçus au palais en présence de toute la Cour.

— Approchez, ne soyez pas intimidés ! leur dit Cléopâtre avec un sourire rayonnant. Paneb a livré le nom de ses complices. Ils finiront tous en prison. C'est le sort réservé à ceux qui me trahissent, ajoute-t-elle en élevant la voix et en promenant un regard circulaire sur les visages qui l'entourent.

Elle prend un ton plus doux pour s'adresser aux enfants.

— Vous méritez une belle récompense, tous les trois. Cléo, je te garde auprès de moi. Tu vivras heureuse au palais, un peu comme si tu étais ma petite sœur. Iméni et Antinoüs, je vous ouvre les portes de mes écoles et de ma bibliothèque. Vous pourrez y étudier à l'aise. J'invite aussi vos parents à venir s'installer à Alexandrie : ils y feront de bien meilleures affaires qu'à Memphis. Et maintenant, place à la danse !

Aussitôt la musique s'élève, et des jeunes filles s'élancent dans la salle en virevoltant.

— Je ne sais pas si mon père va vouloir s'établir à Alexandrie, fait Iméni. Nous sommes à Memphis depuis si longtemps.

— Le mien acceptera sans doute, suppose Antinoüs. Il a toujours rêvé d'agrandir son commerce.

— De toute façon, un ordre de la reine ça ne se discute pas, souligne Cléo. Et puis j'ai envie qu'on se revoie.

— Moi aussi !

— Moi aussi ! termine Antinoüs. Alors même si nos familles ne viennent pas tout de suite à Alexandrie, faisons le serment de vivre d'autres aventures ensemble.

— Nous sommes les meilleurs gardes de la reine, assure Cléo. Elle a besoin d'être protégée. Alors nous allons rester unis comme les trois...

— On est quatre avec Fenk, rappelle Iméni.

— Comme les trois... comme les quatre... je sais pas quoi !

— Comme les quatre pattes d'un âne ! lance Iméni.

Antinoüs et la fillette éclatent de rire.

— C'est ça, dit Cléo. L'âne, le fennec, le Grec et la princesse !

L'AUTEUR

Bonjour, c'est moi Cléo, et je voudrais vous parler de mon papa... Alain Surget, il est fou d'Égypte ! Dès qu'il voit une pyramide, un temple ou l'image d'un Pharaon, il craque. Et il craque aussi pour les héroïnes ! Qu'elles soient simples voleuses ou princesses, elles sont pour lui comme des déesses. Ça me plaît bien de courir sur ses pages, de laisser mes empreintes sur ses mots et de l'entraîner derrière moi dans mes aventures... Parce qu'au fond, il est comme moi, il adore voyager... mais lui, c'est dans sa tête !

L'ILLUSTRATEUR

Fabrice Parme est né près de Nancy. Après avoir suivi les cours de l'école Duperré et des Beaux-arts d'Angoulême, il s'installe à Paris. Il travaille pour des magazines, la bande dessinée, la publicité et le dessin animé. En 1999, il signe la création graphique de la série télé *La Famille pirate*. Avec LES ENFANTS DU NIL, il s'attaque à un genre nouveau pour lui : l'illustration de romans pour la jeunesse.